벽암록을
불태우다

## 벽암록을 불태우다

초판 1쇄 발행 • 2016년 5월 11일
초판 2쇄 발행 • 2016년 12월 2일

지은이 • 노태맹
펴낸이 • 황규관

펴낸곳 • 도서출판 삶창
출판등록 • 2010년 11월 30일 제2010-000168호
주소 • 04149 서울시 마포구 대흥로 84-6, 302호
전화 • 02-848-3097
팩스 • 02-848-3094
홈페이지 • www.samchang.or.kr

디자인 • 정하연
인쇄 • 신화코아퍼레이션
제책 • 국일문화사

ⓒ 노태맹, 2016
ISBN 978-89-6655-063-0 03810

# 벽암록을
# 불태우다

노태맹 시집

삶창

지금 그대가
그대의 가슴에 안고 있는 이것은
불타고 남은
둥글고 푸른 허공이다.

모두가
그 허공을 빠져나오길 빈다.

# 차례

시인의 말 • 5

# 碧巖錄을 읽다 1

1.

푸른 용이 사는 붉은 동굴을
몇 번이나 그 괴로움으로 내려갔다 왔느냐.
입에 달고 다닐 달달한 주문이 필요하다면
옛다,
일면불월면불 日面佛月面佛.


2.

바다 위에 뜬 해는 가슴에 안고
강물 위에 뜬 달은 상징의 둥근 입이 삼켰다.
커다란 뱀 구불구불 미끈거리는 물의 시간을 헤엄치고
이제 이 허구의 고통마저 가슴 뜨겁다 한다면
옛다,
일면불월면불 日面佛月面佛.

3.

봄부터 할매는 전동스쿠터를 타고 와서 불편한 다리로 상추, 고추, 들깨, 가지, 옥수수, 호박, 배추 등등을 땅에서부터 파내 올렸다. 지금은 키 큰 들깨가 무성히 서서 단단히 익은 햇빛의 시간들이 고통으로부터 탈탈 털리길 기다리고 있다. 난 그것을 봄 여름 가을의 살구나무 그늘에서 보았고, 지금은 할매가 살구나무 아래에서 달을 올려다보고 있는 중이다.

어쩌면 할매가 알지도 모르겠다,
쭈글쭈글한, 저 일면불월면불 日面佛月面佛.

# 碧巖錄을 읽다 2

1.

어떤 스님이 雲門 스님에게 물었다.
"어떤 것이 부처와 조사를 초월하는 말입니까?"
"도너츠!"
―허허, 이런. 雲門의 하늘 한가운데가 열렸다.


2.

늦은 저녁 김밥天國
떡라면에 젓가락질하며
유선 TV에 뚫어져라 시선을 박고 있는 나는
이를테면 연옥 앞에 와 대기하고 있는 것 아닐까,
분명 이곳은 아닌 곳을 향해 있는.

창 밖 고양이 한 마리
어둔 인도 위 웅크리고 앉아

라면 국물 마시는 나를 응시하고 있다.
여기로 뛰어들고 싶은 것일까,
창 이쪽도 펄펄 끓어넘치기 직전의 국솥 같은 것이거늘.

"어떤 것이 인민과 悲劇을 초월하는 말입니까?"
"옜다, 도너츠!"


3.

산허리에 얹힌 구름 그림자
여름숲에 엉겨 걸리다.

그림자만 버려두고
회색 뭉게구름 가 버린 후
여름숲 한 귀퉁이 해질녘까지 축축하다.

그림자 없는 구름은 끝내 비 되지 못할 테고

숲은 어두운 빗소리 계곡물 소리만 얻는다.

허니 이제 요량해 보라,
雲門 스님의 허기를 이제 무엇으로 채울 것인가.

# 碧巖錄을 읽다 3

1.

비 오는 우레 속에서 밝은 달 보이고
불길로 가득한 계곡에서 맑은 물 길어 마시려 하네.
고개 들어 길로 들어서니 머리가 땅에 닿고
한 숨 돌리려 너럭바위에 기대 누우면 다리만 하늘에
가 닿네.
나귀를 거꾸로 타고 마을의 獅子를 쫓고
마른 갈대 꺾어 오늘 죽은 자들 채찍질하니
밝은 달과 맑은 물이 썩은 흙으로 구멍마다 쏟아지는
구나.
말해보라, 이것이 무슨 시절인가?
論해보라, 이것이 누구의 甲乙丙丁인가?


2.

강을 지나자 체어맨이 울음소리를 낸다.

겨울 안개 속 길가에 차를 세우고
울음이 그칠 때까지 젖은 메타세쿼이아 나무를 보다.

지난 2009년 쌍용자동차 대규모 정리해고 당시 희망퇴직한 강 모
씨(53)의 사망소식이 뒤늦게 알려졌다. 금속노조 쌍용자동차지부에
따르면 지난 1월 20일 강씨가 자택에서 사망한 채 발견되었다.
강씨의 건강이 희망퇴직 이후 갑자기 악화된 것으로 확인돼, 쌍용차
지부는 구조조정에 대한 스트레스를 사망원인으로 제기하고 있다.
쌍용차지부는 정확한 사망원인 확인과 대책 마련을 논의 중이다.
쌍용차에서는 2009년 4월부터 강씨까지 모두 20명의 노동자와
가족이 스트레스성 질환과 자살 등으로 사망했다. (미디어충청, 2012.
1. 30.)

이를테면 난 항상
누군가의 죽음을 싣고 가는 중이었던 거다.

3.

마루에 들여놓은 벤자민 이파리가
툭 툭 툭 지고 있다.
지긋지긋하다,고 20년 전에 썼는데
이제는 그저 바라보기만 한다.
나 늙어가고 있는 건가?

# 碧巖錄을 읽다 4

1.

살구나무 아래 서 있는데
살구 하나가 툭, 떨어진다.

참았던 울음에서 피리 소리가 났다.

2.

외도外道가 부처님께 여쭈었다. "말이 있는 것도 묻지
않고, 말이 없는 것도 묻지 않겠습니다." 세존께서 말없
이 한참 계시니, 외도가 찬탄하며 말하였다. "세존께서
대자대비하시어 저의 미혹한 구름을 열어주시어 저로
하여금 도에 들어갈 수 있게 하시었습니다." (『벽암록』 중,
장경각, 236쪽.)

침묵. 내가 나의 부처일 때가 있다.

3.

고통과 분노도 나이가 든다.
세상이 다 이해된다고 느낄 때 나는 늙은 거다.

뿌리가 다 썩은 蘭 화분에 꽃이 피었다.
이게 이해된다고 말할 때 우린 이데올로그인 거다.

침묵은 무게를 가진다.
심지어 뾰족뾰족하기까지 하다.


4.

내 살구나무 아래 서 있는 한 사내에게
살구 하나를 툭, 머리 위로 던져 주었다.

울음이 아니라 침묵의 구름이었던 거다.

# 碧巖錄을 읽다 5

1.

머리 흰 중이 길을 가며 중얼거렸다.


오대산 위 구름은 저 혼자 밥을 짓고
고불당古佛堂 앞 배고픈 개는 하늘에다 오줌을 누네.
진흙 부처는 강을 건너지 못하여
강 저편에서 세 명의 도둑들만 떡을 먹고 화투를 치네.


머리 검은 중이 길을 가다 멈추고 뒤돌아보았다.


동쪽의 소에게 쇠별풀을 먹이니
서쪽의 말이 배가 불러 앞발을 드네.
급한 마음이 세상에서 제일가는 의사를 불러다가
흰 돼지 왼쪽 허벅지 위에 침뜸을 하네.


머리 붉은 중이 노래를 멈추었다.

어이할까, 江이여

한 손에 푸른 칼 들고
무장무장 투명해지는 무소를 몰고 가네.
헛되이 헛되지 않게 다리 위를 지나노라니
다리만 흐르고 강물은 흐르지 않네.


2.

기억의 주름들이 집들을 세워 올리고
주름 잡히지 못한 기억들은 뭉글뭉글 뭉쳐져
구름이 되고 산이 되고 숲이 되었네.
나는 모든 것의 모든 것,
그리하여 나는 나로부터 미끄러져 내리는 축축한 不
在들.


허나 百日紅이여, 이 산 꼭대기에서 너를 부르고

저 숲으로 달려가 내가 대답하네.
동어반복의 革命, 헐떡거리는 이 붉은 종말론.
당신은 당신의 不在 속에서만 빛나는 百日을 지나왔고
나의 미래는 나의 不在 속에서 완성되는 것이라면

하여 우리 아무것도 보지 못하리라.
너를 사랑한다는 이 순간조차 주름 접혀져
사랑 아닌 순간들만이 먼 훗날 그 사랑을 펼쳐보리니
百日紅이여, 너는 과거를 꽃 피우는 現在
그리하여 너로부터 미끄러져 내리는 不在의 붉은 꽃들.

헛되이 헛되지 않게 다리 위를 지나노라니
다리도 흐르고 붉은 강물도 흐르네.
百日紅 그늘 아래, 사랑을 떠나보내고도 나 지금 노래
해야 하네.

3.

碧巖錄 제73칙의 馬祖 스님 코끝에
벌 한 마리 앉아 있다.
노각나무 흰 꽃이
계곡물 위 막 떨어지는 순간,

〈우리에게 공산주의란 달성해야 할 미래의 상태가 아니다. 우리는

현재의 상태를 지양하는 현실의 운동을 공산주의라 부른다.〉(마르크

스 · 엥겔스, 『독일 이데올로기』)

# 碧巖錄을 읽다 6

1.

그물을 뚫은 황금 물고기
저 바닷속에 없네.
푸른 지느러미의 파도는 육지로 달려오고
붉은 노을 간신히 하늘 한 쪽을 여닫는 동안
고래가 뿜어대는 굵은 물기둥 검은 구름에 가 닿았네.
저 멀리 날카로운 우레 붉고 푸른 하늘 꿰뚫고
황금 물고기 그 우레 향해 큰 입 벌렸으니
난데없는 마음만 회오리 회오리바람,
오 천상과 인간의 마을에 이 아는 사람 몇몇일지.
그물을 뚫은 황금 물고기
그 어디 하늘 속에도 없네.

2.

추어탕을 먹다가 이걸 맛있게 끓여주시던 엄마가 이

지상에 없다는 십수 년 된 낡은 생각이 울음처럼 목에 걸릴 때가 있습니다. 텔레비전을 보다가 같이 술 한 잔 할 동생을 더 이상 만날 수 없다는 늦은 깨달음이 나를 벌떡 일으켜 세울 때가 있습니다. 백일홍 나무 아래 새소리를 듣다가 먼 훗날 이 자리에 서서 아비 없는 아비의 백일홍 나무를 보고 있을 아이들의 뒷모습이 참 신비롭습니다. 또 누군가가 죽어갑니다. 살아 있는 자들은 어떻게든 있고자 하겠지만 없는 자들은 그 어떤 없음으로 있을까요. 백일홍 붉은 꽃그늘 아래… 있는 것이 있는 것도 어렵지만 없는 것이 없는 것은 더 어렵겠습니다. 어떻게, 황금 물고기는 찾으셨는지요. 나 어떤 우레의 사랑도 믿지 않아 당신을 떠나왔지만 내 손 닿는 모든 시간들은 붉은 빛과 함께 과거로 흘러가버려 나는 영원히 현재의 바다에도 닿을 수 없는 운명의 날개입니다. 나는 언제나 과거의 현재여서 차라리 모든 죽음은 오직 나의 나임을 이제야 깨닫습니다. 두려운 나의 사랑이여, 이제 모든 죽음을 죽음답게 하여주소서. 모든 죽은 자들이 죽은 그 자리에서 붉게 꽃피게 하여주소서.


   3.


"잡아다오, 자꾸 날아가고 싶다."
"푸른 바위 하나 삼키시고 납작!"
"날아가는 바위 잡아끌어 겨우 머리 위에 붉은 탑 하
나 세웠다."
"구름이 게으르니 대나무숲 구름 그만큼만."


   —대나무숲 지나온 바람에 황금물고기 난다.

# 碧巖錄을 읽다 7

1.

푸른 물고기가 붉은 나무에게 물었다.
온 세상 온 마을 훨훨 불타 모두 무너진다면
〈이것〉도 따라 무너집니까?
붉은 나무가 가지를 부러뜨리며 말했다,
무너지느니라.
그렇다면 그를 따라가겠습니다,
푸른 물고기가 물 밖으로 걸어나오며 중얼거렸다.
그를 따라가거라,
붉은 나무가
푸른 그늘의 길을 열며 말했다.

어느 날은 붉은 물고기가
푸른 나무에게 물었다. 온 세상 온 마을
깊은 물 속으로 모두 잠기어 무너진다면
〈이것〉도 따라 무너집니까?

푸른 나무가 물 밖으로 가지를 뻗어내며 말했다.
무너지지 않는다.
왜 무너지지 않습니까?
붉은 물고기가 물속으로 녹아들며 말했다.
한참 동안 말이 없는 푸른 나무,
저녁 하늘에 수만 갈래
붉은 노을의 길들을 풀어놓다.


2.

누구와 술 먹어도 불편할 것 같은 날, 저녁노을의 한
쪽 길을 따라 어린 아들 둘 데리고 돼지국밥집으로 가
소주를 마신다. 점점 짧아지는 내 그림자는 아이들이
업고 가고 시간은 낙엽처럼 그저 우발적으로 밟히는 흔
적들. 〈이것〉을 따라왔다가 〈이것〉을 잃어버리다. 〈이
것〉을 잃어버리고 다시 〈이것〉을 따라갔다. 옷에 흙이
잔뜩 묻은 노동자 셋 돼지국밥에 소주 한 그라스를 목으

로 쏟아붓고는 나간다. 순대국밥 시켜놓은 청년 넷은 텔레비전에서 나오는 야구 경기에 넋이 나가 있다. 아이들이 커가는 건 국밥에 들어가는 매운 고추 다대기의 양에 비례하는 거 아닐까. 하지만 비유와 환유는 언제나 〈이것〉 문 앞에서 천길 낭떠러지를 만난다. 어디로 간다는 생각 자체를 버리고 가는 것이 과연 가능할까? 고기를 씹는 일이 점점 더 지겹다.


3.

유리궁전 위에 달이 떠올랐다.
이것이 〈이것〉인가 〈이것〉의 이치인가?


고기를 씹다가 뱉어 버렸다.
씹어지지가 않는다.

# 碧巖錄을 읽다 8

1.

조주趙州, 778~897 스님이 120살까지 살면서 개그를 하신다; 욕을 하려거든 맘대로. 욕하는 주둥이가 모자라면 새 주둥이까지 빌려 줌세. 침 뱉으려면 맘대로. 침 안 모자라게 펌프 물이라도 퍼주리… 하지만 이게 개그로만 들리는 순간 산은 산이고 물은 물, 긴 것은 긴 것이고 짧은 것은 짧은 것, 하늘은 하늘이고 땅은 땅인 이치를 새 대가리보다 모르는 것이 된다. 개뿔, 힐링이라니.

뜰앞 우레 맞은 枯木 속에서
몸통 긴 짐승이 비늘을 떨며 울고 있다.
종소리처럼 우웅, 웅 둥근 테를 칭칭 감고 울고 있다.

조주趙州 스님은 그 짐승을 알고 있었던 게다.

2.

碧巖錄 68페이지까지 읽다가 접어두고
김수영 (1921~1968) 시 「그 방을 생각하며」를 펴 들었다.
책이 변색된 데 이유가 있는 것은 아니다. 그저, 이렇게

〈혁명은 안 되고 나는 말만 씨불이고 있는 것이다.
그 말의 주름에는 변혁하라 변혁하라는 울림이
먼지처럼 아직도 딱딱한 기억을 지키고 있을 것이고
나는 모든 논리를 그 말에 함께 새기고 왔다고 믿었다.
그렇듯 나의 가슴은 하염없는 충만의 결핍이었다.
그러나 그 말은 나의 가슴이고 나의 나였을까
일어나 투쟁하라 투쟁하라는 말이
헛소리처럼 아직도 나의 가슴을 울리고 있지만
나는 이제 노래도 그전의 노래도 함께 다 잊어버리고
말았다.
혁명은 안 되고 나는 말만 씨불이고 있다.

나는 인제 녹슬은 아나키즘과 죽은 뼈와 조절되는 광기
적절한 눈물의 가벼움을 재산으로 삼을 줄도 안다.〉


3.

"무엇이 저 겨울나무에 금강金剛의 눈을 틔웁니까?"
"때가 때일 때이니 아직 장작이 덜 말랐다."
"누가 그 소리를 들을 수 있겠습니까?"
"새소리에 숲이 깨어나니, 듣지 못하는 자가 없다."

노회한 구조주의자라고 욕을 한 세 바가지는 얻어먹
겠다.

# 碧巖錄을 읽다 9

— 화가 권기철에게


## 1. 어이쿠, 봄 간다

운문雲門, 865~949 스님은 세 마디로 선禪을 말했다. '살펴보아라.' '비추어보아라.' '어이쿠.' 이를테면 어이쿠는 붉은 동백꽃이 툭, 허공으로 떨어질 때와 같은 것. 선禪의 끝은 그렇게 온 소리를 듣고 놀라 뒤집어지는 거 아닐까? 바르게 보려고 하지 말자. 그냥 보는 게 바른 거다. 봄 갔다, 어이쿠, 술 묵자.


## 2. 붉은 소리

붉음을 삼키고 싶을 때가 있다. 붉은 나무 아래 그저 그 붉음의 붉음, 그 붉음의 강도를 뜯어먹고 싶을 때가 있다. 그럴 땐 희한하다. 모든 소리가 붉게 들리고, 돌아보면 내가 지나온 모든 길들도 붉게 구불구불해져 뜯겨 있다. 나 병든 거 아닐까? 해도, 바르게 보려고 하지 말자. 그냥 보는 게 바른 거다. 가을 간다, 술 묵자.

### 3. 레드 댄싱 힐red dancing heel

"부처는 처음 태어나자마자 한 손으로는 하늘을, 한 손으로는 땅을 가리키며 '천상천하에 나 홀로 존귀하다' 말하였습니다. 무슨 이치입니까?"

운문雲門 스님이 한숨을 한 번 내쉰 후에 말했다.

"빨간 하이힐로 대가리를 쪼아버려라!"

빨간 하이힐 소리 한 번만 더 듣고, 술 묵자.

# 碧巖錄을 읽다 10

1.

황금사막 위
열두 개의 붉은 門 서 있네.
문마다 길은 붉은 깃발처럼 팔을 뻗건만
어느 길의 끝에도 나의 文章은 없네.

초록 낙타가 지나온 길 위
열두 개의 붉은 문 모두 닫혀 있네.
길마다 모든 길이건만
나 아직 떠나온 소식도 아니고
내 이미 다다른 운명도 아니네.

하여 모래 바람이 내 뺨을 후려치리니,
젖은 옷 같은 슬픔의 무게를 재려거든
저 열두 개의 붉은 문 다 허물고 오라하네.

2.

　라크리마, 통 속의 사람들이 검은 물에 가라앉는 것을 보면서 우리는 밥을 먹고 술을 마셨다. 라크리마, 이름 모를 꽃들이 피고 지는 동안 사람들은 방 안에서 연탄불을 지폈고, 흑백의 기억들만 과자처럼 추억으로 구워져 사라졌다. 철탑에서 사람들이 목을 매고 오 라크리마, 새가 되고 싶은 아이들이 허공에 몸을 날릴 때에도 우리는 하루 종일 TV만 보고 있었다. 라크리마, 유황사막 위 열두 개의 붉은 門이 불타는 꿈을 꾸었다. 불타는 나무가 라크리마, 오 푸른 눈물을 흘리는 것도 나 보았다. 늙은 낙타들은 생각을 잃어버린 祭官들처럼 무릎을 꿇고 있고, 나는 끝나지 않는 사랑의 文章만 이렇게 그대에게 보낸다. 반짝이는 라크리마, 그대 푸른 물속의 라크리마여.

3.

자복資福 스님이 허공에
손가락으로 둥근 원을 그렸다.

산수유 붉은 열매 몇 알이
둥근 원 안으로 빨려 들어갔다.

어쩌자는 것인지 모른다,
붉은 눈물이라 하기도 했다.

# 碧巖錄을 읽다 11

1.

청동북을 머리에 이고
동쪽 산에서 서쪽 산까지 갔다.
붉은 달이
검은 바위 속으로 녹아들어
계곡물 소리가 잦고 숨가쁘다.

청동북을 등에 지고
강물소리 따라
한 생애쯤까지 따라 내려갔다.
푸른 물고기들이 허공에 떠서
풀을 뜯듯 강 먹빛을 뜯어먹고 있고,

그러나 아직 이 文字를 잘 모르겠다.

검은 팽나무 가지에서 땅 위로

고양이 한 마리가 내려앉았다.
말해보라,


2.


말해보라,
말할 수 있는 모든 것들의 포르투나$fortuna$
둥글게 허리를 웅크린 채 가릉거리는
붉은 달빛 아래의 모든 길들.

청동북을 두드려도 소리가 없다.
듣지 못하는 새들은 숲을 용서하지 못하고 날아오르고
헛된 소들은 땅에 머리를 찧으며 우는데
검은 땅에서 팽나무 위로 다시
고양이 한 마리 훌쩍 올라앉는다.

3.

여지없다.
둘로 베어버렸다.

# 碧巖錄을 읽다 12

1.

"문 밖에 무슨 소리가 나느냐?"
"여름 빗줄기 소리입니다."

"문 밖에 무슨 소리가 나느냐?"
"산비둘기 울음소리입니다."

"문 밖에 무슨 소리가 나느냐?"
"삵이 비에 젖은 닭 물어뜯는 소리입니다."

"들리느냐?"
"뭐라 하실 작정입니까?"
"젖은 몸이 빠져나오긴 쉬워도 그 동그라미를 듣긴 어렵구나."

영감이 묻는데 재미들리신 게다.

소리를 알건 모르건
가야산 곳곳에 세찬 비 쏟아진다.
비구름 같은 묵빛 쁘띠첼을 엎드려 먹으며
장 보드리야르(1929-2007)의 『시뮬라시옹』을 읽다.


2.

1999년 7월 콜럼비아 우주왕복선에 실려 우주로 나간 찬드라 X-
선 우주망원경은 지구에서 250만 광년 떨어진 페르세우스 성단
중심부에 있는 거대한 블랙홀에서 발생한 음파를 포착했다. 이 블
랙홀은 매우 낮은 '베이스' 음으로 노래하는데, 가온다(도) 음보다
57옥타브 낮은 내림나(시플랫)에 해당하는 음을 낸다. 지금까지 찾
은 우주에서 가장 낮은 소리다.(Daum 제공)


들을 순 없지만
네 울음소리, 네 숨소리
이미 나에게 와 있다.

들리는 듯,
들리는 듯 내 노래해야 하리.
왈칵 쏟아져 나오는
붉고, 동그란 빛의 꽃들이여.


3.

남전 스님이 뜨락에 핀 佛頭花를 가리키며
"요즘 사람들 이 한 포기 꽃도 마치 꿈결에 보는 것 같
이 하네." 하신다.
영감 눈도 귀도 많이 어두우신 게다.

붉은 꽃은 저기에 있지 않고
여기
울고 있는 이 꽃밭에 있다.

## 碧巖錄을 읽다 13

1.

―무엇이 詩입니까?

―詩이다.

―무엇이 아름다움입니까?

―아름다움이다.

―이 가을의 슬픔은 어디에서 옵니까?

―거기서 다시 걸어와 보거라.

―길이 끊어진 다음에는 무엇이 있습니까?

―끊어진 적이 없다.

―모두가 벼랑 끝에 몰려 있습니다.

―그럼 자물쇠로 열어라.

―밤이 끝나면 죽은 자들도 일어설 수 있습니까?

―밤에 돌아다니지 말고 날 밝거든 가거라.

2.

나무 그림자
검은 고양이처럼 휙 지나간다.
온종일
늦가을 바람에 넋이 나간
머리 위 느티나무
붉은 달이 간신히 붙들고 있다.
이제
죽어도 좋을 때라는 생각 자꾸 드나보다.
아무것도 그립지 않은 듯 밟히는
담벼락 아래 낙엽들.


3.

詩는 무덤.
무덤 속에 누워 다시 푸른 바위를 읽다.

한 생각이 만 년이면 만 년도 한 생각이겠네.
지긋지긋하지만도 않겠는데?

# 碧巖錄을 읽다 14

1-1.

어떤 것이 깊은 산 속에 있는 지혜입니까?
큰 돌멩이는 크고 작은 돌멩이는 작다.


1-2.

어떤 것이 넓은 사막 위에 있는 지혜입니까?
낙타가 씹고 있는 일만 삼천 오백 개의 태양이다.


3.

가위 눌려 잠에서 깨려 해도 깨지 못하다가
옆사람이 부르는 소리에 깨어나다.
문 밖의 그대들,
누가 나를 자주 불러다오.

4.

　읽지 않은 책들만 방에 쌓여간다 이제 不老 밀가루 막
걸리만을 고집하지는 않는다 죽어가는 老人들은 일찍
죽어도 좋다고 이제 생각한다 직업이 의사인데, 내가 떠
나는 날만 자꾸 미리 기억한다 시간의 강물은 우리에게
충분히 절망해도 좋다는 신호처럼 모래알을 生의 하구
에 마구 부려놓았다 사막이 되는 아무도 없는 사막 한가
운데서 샤를르 드 푸코 신부처럼 두 팔을 들고 기도하고
싶었었다 별들이 그러나 모든 죽음은 어둠속 전갈처럼
딱딱했다 알튀세르를 머릿속에 쑤셔 넣어도 내 심장의
부정맥은 멈추지 않았다 알약을 먹고 읽지 않은 책들만
방에 쌓여가고, 혁명과 반동 모두 신학이 되어버린 것을
어느 날 수박을 먹으면서 깨달았다 깨달음은 그러나 백
일홍꽃이 필 동안만이라도, 나는 붉을 것이다 저 멀리서
황금빛 우레 오고 나는 백일 동안만 붉을 것이다. 하나

5.

둘 셋 넷 다섯 여섯
부처가 와도 다 셈하지 못할 것이다.
뜰 앞의 백일홍도
하나 둘 셋 넷 다섯!
그러나,


⟨반복한다는 것은 행동한다는 것이다.⟩ (들뢰즈)

# 碧巖錄을 읽다 15

1.

마조馬祖 스님이 백장 스님과 함께 길을 가다가 들오
리가 날아가는 모습을 보고
스님이 "이게 뭐지?"라고 하니
백장 스님이 말하였다.
"들오리입니다."
"어디로 날아가느냐?"
"날아가버렸습니다."
스님이 마침내 백장 스님의 코끝을 비틀자,
백장 스님이 고통을 참느라 신음하였다.
스님은 말하였다.
"뭐? 날아가버렸다고?"(『벽암록』 중, 장경각, 1993, 170쪽.)

대사 진부하고 연기도 형편없다.
이 生에서의 흥행은 글렀겠다.
아무튼, 들오리 없이 먹고 살 일 막막하겠다.

2.

　가라사대, 세상은 17개의 입자로 이루어지느니 양성자와 중성자를 구성하는 6개의 쿼크, 전자와 중성미자를 구성하는 6개의 렙톤, 그리고 강한 핵력을 매개하는 글루온, 전자기력을 매개하는 광자, 약한 핵력을 매개하는 z입자와 w입자, 그리고 이들에 중량을 부여하는 힉스 입자가 그것이니라. 중력을 매개하는 천사는 아직 나타나지 않았으나 곧 5차원에서 그 날개를 드러내리라. 그런데, 뭐? 날아가버렸다고? 백장 스님아, 17개의 변수를 사용해 진정 들오리가 날아가버렸는지 로지스틱 회귀분석으로 증명해보라.

3.

　내 앞 밥공기에 밥알 다섯 개가 붙어 있고
물통에 물은 반 정도 담겨 있다.

이를테면 나머지는 다 내 뱃속에 있다는 것이다.
이것이 공화국에서의 진진삼매塵塵三昧다.

시간은 언제나 오늘이 더 울퉁불퉁하여도
너 서 있는 곳곳이 꽃의 자리다.
하지만 조심하거라,
이 生이 대문만 세워진 집처럼 비어 있기도 하다.
그때서야 날아가버렸다고 말하라.

# 碧巖錄을 읽다 16

1.

산수유꽃 노랗게 피는데
지난 산수유 열매들 아직 수북이 매달려 있다.
붉은 것들이 검게 말라
새들 오가는 길
아주 꾸덕꾸덕하고 지긋해졌다.
세수도 안 하고 쭈그리고 앉아
그래도, 살아 있는 척 사랑하는 척하다.

2.

三世의 모든 부처들도
있음을 알지 못하고
붉은 여우와 푸른 염소가 오히려
있음을 아네.
물이 흐르니 강이 만들어지고

바람이 부니
그 바람에 풀잎들 초록 불길로 휩싸이네.

$10^{-36}$초 만에 일어난 일이라네.


2-2.


적요하고, 적요하고, 적요하다면, 곧바로
얼굴을 감싸고 ㅋㅋㅋ 웃어야 하리
모음도 없는 흰 목련꽃처럼.


3.


먼저 가버린 이들에게도
아직 남은 이들에게처럼
이름을 주십시오. 이미
잊힌 이들에게도 아직은

남은 이들의 이 기억들을
구름처럼 허락해주십시오.


2-3.

어리석다. 이 말 방석 위에 꿇은 붉은 여우의 무릎이
아직도 살아 있는 척, 사랑하는 척 하니 술 한 잔 먹고 돌
아와 노란 산수유나무 통째로 뽑아버렸다. $10^{-36}$초 만에
일어난 일이다. 없음도 모르고 있음도 모르니, 오늘도
누구 하나는 외롭게 죽어야 쓰겠다. 어리석고 어리석다.

## 碧巖錄을 읽다 17

1.

담배를 피우다 남보라빛 두 눈에 긴 노랑 혓바닥을 가
진 새끼손톱만한 꽃을 발견하다. 사무실로 들어가 인터
넷으로 한 시간 만에 그것이 달개비꽃임을 찾다. 바로
그 이름을 불러보기 위해 느티나무 그 아래 달려가보니
누군가 화단 잡초를 깨끗이 베어놓았다. 달개비꽃은 없
고, 이름 몰랐던 꽃에 대한 기억만 남다. 해도 사진 한
장 못 남긴 걸 아쉬워할 필요까지야 있겠는가. 누가 느
티나무 아래로 후라이드 치킨과 콜라를 들고 오고 있다.

2.

무엇이 선인가 물었다.
선이 선이라 대답하였다.

달이 둥글기 전에는 어떠한가 물었다.

붉은 꽃을 세 개 네 개 삼켜버렸다 하였다.

다시 온전히 둥근 다음에는 어떠한가 물었다.
푸른 칼을 일곱 개 여덟 개 토하였다 하였다.

어리석은 놈
(대강 상상하지 마.)
달 떠내려간다, 저 강물이나 잡아라.


3.

노사정이 노동시장 개혁을 위한 대타협에 합의했습니다. 경제사회
발전노사정위원회는 이날 오후 6시께 정부 서울청사 노사정위 대
회의실에서 4인 대표자회의를 열어 핵심 쟁점인 '일반해고'와 '취
업규칙 변경요건 완화'에 대한 합의를 끌어냈습니다. 일반해고는
저성과자나 근무불량자를 해고하는 것으로, 현행 근로기준법은 아
직 도입하지 않았습니다. 취업규칙 불이익변경 완화는 근로자에게

불리한 사규를 도입할 때 근로자의 동의를 받도록 한 법규를 완화

하는 것입니다. (MBN 뉴스, 2015. 9. 14.)


성서 공단 네거리 환한 길 위

마이크를 잡고 선전전을 하던 김 위원장이 갑자기

수천의 달개비꽃들로 날아가버렸다.

붉은 백일홍꽃 다시

푸른빛으로 돌아가는 계절이긴 했다.

어디서 다시 그를 찾을까?

# 碧巖錄을 읽다 18

1.

그대가 말하는 것 모두가 옳다고 하는 것이나
묵묵히 세월 속에 있는 것이 옳다고 하는 것이나
말하지 않으나 침묵하지도 않는 것이 옳다고 하는
것이나
모두 검은 소 한 귀퉁이를 만지는 것과 같다.
그러나 사물마다 사람마다 모두 옳다고 하는 것은
검은 소 한 마리 모두를 버리는 것과 같다.

신발장 속
낡고 쭈그러진 소 한 마리 누워 있다.
革命은 없고
먼 길 걸어갈 일 막막하다.

2.

산길 오르는데 누가 날 부르기에
고개 돌려 보니, 갈참나무가 '틀렸다' 한다.
산길 내려가는데 누가 날 부르기에
고개 돌려 보니, 푸른 바위가 '틀렸다' 한다.
계곡물에 주저앉아 '맞아 맞아' 하고
고개 올려 보니, 산을 겨우 비집고 내려온 구름이
'틀렸다, 틀렸다' 폭포 소리를 낸다.

세 번 길 잃은 검은 소가
다시 신발장 속으로 와 누워 있다.
신발끈처럼 엉킨 길들을 베고 누워 있다.


3.

살구나무 아래 산들깨꽃 피었다. 작은 것들의 우연이

라 하지마라. 사람들은 죽어가는 이들의 죽음을 모르고, 죽음을 모르는 한 우리의 革命은 없다. 그러나 산들깨꽃들에서 작고 흰 종소리가 들린다고 표현하는 건 지나친 의지중심주의적 수사 아닐까. 흙 묻은 신발 한 짝이 살구나무 아래 엎어져 있다. 그래도, 한 번쯤은 저렇게 실컷 울었으면 좋겠다는 생각은 한다. 검은 소가 서쪽 하늘로 구름처럼 걸어가고, 지금은 가는 길 온통 붉은 빛으로 받아주는 저녁이다. 네가 잘 있었으면 하는 저녁이다.


2-2.


"검은 소는 어떻게 가야 합니까?"

"똑바로, 발자국은 어쩌겠냐만, 발밑에 흔적은 내지 말고, 그렇게."

# 碧巖錄을 읽다 19

1.

왼손에 신 한 짝만 들고
사막을 건너는 사람이 있다.

이래도 되고,
이러지 않아도 되는 건 되었다.
저래도 안 되고,
저러지 않아도 안 되는 건 안 되었다.
그래도 발바닥이 뜨거운 그는
손에 들고 있는 저 신발 한 짝을 내려놓지 않는다.

등이 붉은 물고기가 되고 싶어
왼손에 신 한 짝만 들고
마른 은유의 속을 긁으며 가는 木魚와 같은 사람.

말해보라, 이것은 누구의 무슨 定處ㄴ가?

2.

서울 최저기온이 영하 14도로 떨어진 25일 오후 서울 중구 을지로 옛 국가인권위원회 건물 옥상 광고탑에서 비정규직 문제 해결을 촉구하며 230일째 고공농성 중인 기아차 비정규직 최정명, 한규협 씨가 점심식사를 하고 있다.(민중의소리, 2016. 1. 25.)

슬픔에 풀처럼 넘어지지 않으려고
분노로 쇠처럼 굽어지지 않으려고
절망을 재처럼 태워버리지 않으려고

땅에서 하늘로 눈이 휘날린다
하늘에서 땅으로 겨울나무 섰다

명심하라, 아직은 공중에 떠서 내려다보고 있는
나의 사랑이여 두려움이여

3.

무엇이 길[道]인가 물었는가?
이미 눈이 천 개 달린 여우가 웅덩이에 빠진 것이다.


무엇이 세상 가장 날카로운 칼인가 물었는가?
겨울나무 가지마다 걸린 붉은 달이라 말한다면


어쩌랴 웅덩이 물 위로
한쪽 귀 없는 달들 이미 우글우글한 것을.


무엇이 우리 木火土金水의 계통인가?
革命이여, 양은 냄비에 눈 한번 수북하게 잘 담았구나.


허니 말해보라
대체 이곳이 무슨 세상처럼 보이는가?

2-2.

사랑이여, 사랑이여
울 수도 없어 얼어붙은 사랑이여!

# 碧巖錄을 읽다 20

1.

겨울산이
흰 숲에 고요히 기대어 있다.
길이 보이지 않아도
있는 길은 길이 있다.


2.

구지 스님은 묻기만 하면 오로지 하나의 손가락만을
세웠다.

구지 스님의 암자에 한 동자가 있었는데 바깥에서 어
느 사람에게 "스님께서는 평소에 어떤 법으로 사람들을
지도하시느냐?"라는 질문을 받자, 손가락을 일으켜 세
웠다. 동자가 되돌아와 자기가 한 행동을 스님께 말씀
드렸다. 구지 스님은 칼로 그의 손가락을 잘라버리니,
동자는 비명을 지르며 도망쳤다. 구지 스님이 소리를

질러 동자를 부르니 동자는 머리를 돌렸다. 이에 구지 스님이 문득 손가락을 곧추세우니 동자는 훤히 깨치게 되었다. (『벽암록』상, 장경각, 177쪽.)

　☞물음은 답에 의해 완성되고, 답은 이미 그 물음 속에 있습니다. 왜 이러냐고 너무 오래 손가락 들여다보지 마십시오.

　3.

　손가락 하나를 원리주의자처럼 읽는 친구와 결별했습니다. 손가락 하나를 기회주의적으로 이해하는 나 스스로와도 각 방 중입니다. 기다리지 않으면 희망도 삼각형처럼 단순해져요. 그러나 또한 미래는 기다리는 것이 아니라 바로 지금이므로, 절망도 즉석에서 구워야 바싹하게 되지요. 조금 전 막창집에서 내가 말했었죠? 고요히 기댈 때는 울지 말고 고요히 기대세요. 우리는 지금

共滅 중이므로, 오 어쩌면 울기도 전에 뜨거운 불길에다 녹아버릴지도 몰라요. 하여 기다리지 않는 희망만이 우리의 남은 희망인지도 모르죠. 길이 보이지 않아도, 있는 길은 길이 있는 것처럼 우리의 낙관이 어느 날 봄꽃 피울지도 몰라요. 시시하죠? 그러니 다시 손가락 하나를 일으켜 세우시면 칼로 잘라버릴 거예요. 그런 깨달음 따윈 없어요. 다시 매화가 피었어요.


1-2.

하여 어떤 스님이 운문 스님에게 물었다.

나무는 메마르고 온 숲 흰 눈에 덮여 있으면 어떠합니까?

겨울 맑은 바람에 이미 온전히 드러났다.

# 碧巖錄을 불태우다

1.

검은 百日紅꽃 앞에 서다.

그렇게 서서,
붉은 百日紅꽃 필 때까지 서서
반질반질한 나무처럼 서서
經典이 푸른 문신처럼 새겨질 때까지 서서
그렇게 눈 속에 서서,

검은 碧巖錄 불 속에 던져버리다.

2.

어떤 스님이 "무엇이 조사께서 서쪽에서 오신 뜻입니
까?" 하고 묻자 성공性空 스님이 말했다 합니다. "천 길
이나 깊은 우물 속에 사람이 빠져 있는데 한 치의 새끼

줄도 사용하지 않고서 그 사람을 건져낼 수 있다면 서쪽에서 오신 그 뜻을 답하여 주리라." 그러자 그 스님은 "이미 나왔습니다." 하였습니다. 누가 이겼을까요? 동그라미 안에 갇힌 개미가 동그라미의 선을 밟지 않고 빠져나오는 방법을 묻는 현대 물리학의 질문과 비슷하지요. 정답은 4차원입니다. 그 도통한 스님은 이미 4차원을 알았던 것일까요? 그러나 이 건방진 스님의 대갈통은 스무 방 맞아 마땅합니다. 오히려 향림 스님이 옳습니다. 어느 스님이 "무엇이 조사께서 서쪽에서 오신 뜻입니까?" 하고 묻자 향림 스님은 다음과 같이 말하셨습니다. "오랫동안 구부리고 있었더니 아이쿠 허리야, 머리야, 팔 다리야, 죽을 것 같구나!" 헛똑똑이 스님과 오랜 참선으로 산재 입은 향림 스님의 정처는 어디서 갈라지는가요? 물론 침묵도 노동입니다. 이를테면

눈 속 흰 매화 피고
碧巖錄 불 속에 던져 버립니다.

살아 있는 것을 만나면 그와 함께 살고
죽은 것들을 만나면 그와 함께 죽습니다.


3.

하여, 이렇게 말해야 합니다.

아무것도 읽을 것이 없을 때
검게 타버린 네 몸을 손가락으로 짚어가며 읽어라!

아무것도 두드리며 노래할 것이 없을 때
검게 타버린 저 둥근 허공을 두드리며 노래하라!

아무것도 사랑할 수 없을 때
불 타 부서져 흘러내리는 네 옆의 사람을 기억하라!

# 가을바람이 모든 것을 드러내다

바람을 맞이하는 강과
바람을 맞이하지 않는 강이 있습니다.
하나의 강에도 두 개의 길이 있습니다.

저녁 구름이 붉은 노을을 한주먹으로 뭉쳐
청동 빛깔이 될 때까지 반죽을 하는 동안
강가의 갈대밭은 이미 어둠을 따라 나서고 있습니다.

가을바람이 마을을 드러냅니다.
하늘과 마을의 경계를 따라 긴 띠처럼
어디선가에서 온 연기가 납작하게 흘러들고
이제 나무는 마을을 가려주지 않습니다.

가을바람이 낙엽을 끌고 강으로 갈 때쯤에야
사람들은 지난 기억의 사랑에 대해 이야기하고
이제야 나도 당신의 사랑에 대해 생각합니다.

강가에 차를 세우고 완전히 어두워질 때까지
음악 속에서 울고 있는 나를 상상합니다. 상상만으로도
어둠 속에 어깨 뒤척이는 강처럼 울음이 납니다.

하지만 이건 우리의 것이 아닙니다. 아시죠?
지금은 이미 강가가 아니라 도시의 불빛 속을 달리고
나는 아주 가끔씩만 낭만적으로 시인이 됩니다.
가을도 이데올로기가 된다는 것, 그것 말입니다.

바람이 지나가는 길과
바람이 지나가지 않는 길이 있습니다.
하나의 도시에도 두 개의 길이 있습니다.

가을바람이 모든 것을 드러내고
바람이 지나지 않는 길에 수북이 쌓인
낙엽의 빛깔을 읽으려 해도
빈 나무의 소리를 들으려 해도 아직 도리가 없습니다.

# 나는 이 꽃들을 모른다

## 1.

'아마도.' 정의에 관해서는 항상 아마도라고 말해야 한다. 정의에
는 (미래가 아니라) 장래가 존재하며, 시간이 존재하는 한에서만, 곧
계산과 규칙, 프로그램과 예견 등을 초과하는 사건이 존재하는 한
에서만 정의가 존재한다. 절대적 타자성의 경험으로서 정의는 현
전 불가능이지만, 이는 사건의 기회이며 역사의 조건이다.

데리다, 「법에서 정의로」(『법의 힘』, 문학과지성사, 2004, 59
쪽.)의 한 귀퉁이를 접고 책을 덮는다. 책상 한 귀퉁이가
받치고 있는 카랑코에금 화분에서 주홍빛 꽃들이 작은
폭죽처럼 타고 있는 것, 본다. 그러나 나는 이 꽃들을 모
른다.

## 2.

화살이 공중에 떠 있다. 이건 詩가 아니다. 法이 화살

을 날게 하는 것도 아니고 이 화살이 法에게로 가 꽂히는 것도 아니다. 붉은 토끼와 푸른 사슴이 스스로 날아와 화살 끝에 꽂히고 피 흘리는 화살을 중심으로 공간들은 고분고분 方位를 뒤튼다. 이건 詩가 될 수 없다. 화살이 공중에서 부러진다. 그러나 여전히 나는 이 꽃들을 모른다.


3.

한 병사가 높은 성벽을 지키고 있었습니다.
城 안에 사는 자신들의 가족과 친구들을 위해
밤낮없이 늠름한 모습으로 사람들 앞에 서 있었습니다.

한 농부가 높은 성벽과 병사를 향해 돌을 던졌습니다.
城 안의 사람들과 병사에게 자식을 잃은 농부는
사람들의 박수를 받으며 돌을 던지고 또 던졌습니다.

세월이 지나 병사와 농부가 노인이 되었을 때도

그들은 그렇게 서 있거나 돌을 던졌습니다.
이제는 누구를 지키는지도 모른 채
이제는 누구를 위해 돌을 던지는지도 모른 채
그들은 친구처럼 그들의 눈빛을 읽었습니다.


"차라리 사람들을 불러 모아 성벽을 허물어버리지…"
늙은 병사가 속으로 말했습니다.
"차라리 그 창으로 내 가슴을 찔러 버리지…"
늙은 농부가 눈으로 말했습니다.


오랜 투쟁이 習俗이 되어버리는 동안
그러나 城 안에는 또 다른 城이 세워져
이제는 늙은 병사마저 그 성 안으로 들어갈 수 없었습
니다.


병사와 농부가 늙어서야 깨달은 오랜 바람은
城을 허리 높이로만 허물어 그 위에

붉은 넝쿨 장미를 심는 일이었음을
넘어가고 싶을 때 누군가가 보고 싶을 때
그저 훌쩍 넘어갈 수 있는 성벽이었음을 그
병사와 농부가 늙어서야 깨달은 오랜 바람은.


4.

하지만 이건 나의 詩가 아니다.
이건 나의 詩가 아니다.
세 번째 말하지만, 나는 이 꽃들을 모른다.

# 햇살이 팽이처럼 돌고 있다

은사시나무 위로 햇살 촘촘히 박혔다.
햇살의 발아래는 흰 그늘이라
숲 속에서도 울음은 환하게 울린다.

흰 노루가 내 잠 속으로 뛰어들었다.
물소리는 환한 울음의 그 여자를 가두고
푸른 노루처럼 **빠른** 속력으로 뿌리까지 내려갔다.

은사시나무 끝에서 햇살이 팽이처럼 돌고 있다.

붉은 노루의 잠 속으로 강이 흘러들어
강둑 위에까지 그 여자는 슬슬 밀렸다.
달빛의 어깨 위는 흰 그늘이라

들판에선 어지간한 울음도 다 환하다.
다 환해서 나도 그 여자의 꿈 속으로 들어가
그 울음으로 아침쯤에는 잠 깰 수 있을 거다.

은사시나무 끝에서 햇살이 팽이처럼 돌고 있다.

멈추지 않는 죽음들이 엄마의 얼굴을 하고
팽이처럼 도는 내 얼굴을 내려다보고 있다.
그런 거다, 그런 거다

보랏빛 노루가 피 흘리며 벽에 걸려 있고
인간의 勞動은 낡은 현수막처럼 찢겨져
발을 디딜 때마다 푹푹 빠지는 진흙밭 같은 꿈들.

은사시나무 끝에서 팽이가 연꽃처럼 돌고 있다.
돌면서도 돌아가는 꿈을 꾸고 있다.

# 붉은 사막을 지나온 낙타처럼

그 때 모든 붉은 꽃 핀 곳도
우리의 사막이었다.

사랑이여, 왜 모든 기억은 눈물이며
왜 모든 아픔은 호수처럼 그리 오래 눈 뜨고 있었는지.
이 모래의 시간을 견디는 것만으로도
나는 나의 보속補贖을 약속받고 싶었었다.

노을이여, 이제 나에게 얼마만큼의 붉음이 허락되겠
는가.

돌아보라 이미 서른 개의 사막을 지나왔다.
지평선 다 뜯어먹고 고개 돌려 제 등을 바라보는 낙타
처럼
무릎 꿇고 서로를 붉게 뒤돌아보느니
이제 얼마만큼 너를 더 안아주는 것이 허락되겠는가.
왜 모든 시간은 주름져 있고

왜 모든 기억은 맛있는 빵처럼 부풀어져 있는지.
서로가 서로에게 빛나는 것만으로도
우리는 우리의 보속을 약속받을 수 있지 않겠는지.


노을이여, 이제 나에게 얼마만큼의 붉음이 허락되겠
는가.


이미 죽은 이들은 사막을 지나 별이 되었다.
숲이 길어올린 바람의 길을 따라
새떼들이 하늘로 물고 올라가는 둥근 종소리처럼
여기 살아남은 우리 서로의 어깨를 껴안느니
왜 모든 시간은 주름져 있고
왜 모든 꽃들은 그 시간의 주름을 따라 피어 있는지.
서로가 서로에게 빛나는 것만으로도
우리는 우리의 오늘을 용서받을 수 있지 않겠는지.


가자, 이제 모든 사막은 우리의 꽃 핀 곳이려니

오라, 서른 개의 사막을 지나온 시원한 물길처럼
그렇게, 붉은 사막을 지나온 낙타처럼 그렇게 우리.

# 산정묘지山頂墓地에 서다

모든 시간만이 나의 묘지
이 산정山頂에서
그 어떤 그늘도 나를 분할할 수 없느니

무성한 풀들과 거친 나무들이 키워내는
푸르고 날카로운 시간의 노래여
붉은 뿌리는 내 청동의 뼈를 감쌌지만
나를 분할할 수 있는 것은,
내가 분할해 가질 수 있는 몫들은 오직
저 시간의 먹장구름 아래에서 오느니.

윤회처럼 물 없는 강을 지나왔다.
뜨거운 모래의 나날을 구불구불 기어가는 뱀들처럼
물 없는 강을 물처럼 흘러
바다가 우리를 만나러 오는 그곳까지 가고 싶었다.

보속補贖처럼 불타는 산길을 지나왔다.

서늘한 폭포를 향해 기어오르는 산짐승처럼
바위의 계곡을 타고 오르는 산바람처럼
하늘이 우리를 만나러 오는 그곳까지 가고 싶었다.

그러나 이 산정묘지에서
우리는 이별과 눈물에 대해 말하지 않는다.
영원한 반복의 둥근 지붕 아래에서
내 나의 상처와 눈물을 다 뜯어내었으니
어떤 공간도 나를 주장하지 못하리라.

모든 시간만이 나의 묘지.
다시 허공의 시간들은 청동의 뿔이 달린 소를 낳고
검은 강 깊은 곳의 달을 밟아 유리로 부수며
물 없는 강을 지나 그 소 끌고 오느니

나는 영원 속에서 북소리를 듣는다.
강을 끌고 올라가는 목어소리를 듣느니

새떼들이 하늘로 끌고 올라가는 우레소리
일생의 빗속에서 듣는다.

# 바닷속에 잠겨 있는 붉은 회화나무처럼

바닷속 잠겨 있는 붉은 회화나무처럼
오랜 내 노래 아직 푸른 심연에 잠들어 있네.


산 속 엄나무 꼭대기 매달린 푸른 물고기처럼
오랜 내 기억 아직 검은 바람에 흔들리고 있네.


그대 분홍 꽃으로 피어 나를 부르지만
그대 구불구불한 빛으로 쏟아져 나를 깨우지만
나는 우리 사랑이 어디쯤 와서 어디까지 가야할지
아직 분간조차 할 수 없는 새벽의 컴컴함이니


흰 사슴이 초록 절벽 끝에서 울고 있네.
모든 사랑이 혀를 필요로 하는 것은 아니지만
울음을 사랑으로 더듬어 해독하는 것이 우리 일이고
보면
이 새벽의 막막함에도 귀기울일 수밖에 없지 않겠는지.

그대는 어디에나 있어 모든 길들이 지워진다한들
그 어디쯤에선가 걸어온 우리의 길이 끝나고
그 끝에서 다시 누군가의 길이 시작되어야 하고 보면
제비꽃 한 송이도 당신의 사랑이라고 믿을 수밖에.

강이 아침 강 위로 포개어지네.
새 떼들이 겹겹의 붉은 종소리를 하늘로 끌고 올라가네.
내가 당신을 기억하는 첫 순간
당신이 나를 노래하는 첫 순간.

그러므로 나의 그대여 오라, 오라.
바닷속에 잠겨 있는 붉은 회화나무처럼만이라도
산 속 엄나무 꼭대기에 매달린 푸른 물고기처럼만이
라도
내 그대 사랑으로 가라, 가라.

# 江을 옹호하다

江 위로 한 사내 가부좌跏趺坐로 떠 있습니다.

강은 황금의 달빛이 덮어
가끔씩 붉은 물뱀이 구불구불 그 길을 지우며 가고

한데 이를테면
江에게 달빛은 허구와 같은 것이어서
물 아닌 모든 것들은 흘러가버리는 빛과 같은 것이어서

跏趺坐로 무엇을 볼 수 있다는 것인지
뭔 그런 말씀이신지요.

하기야 江가에
또 한 사내 큰 깃발로 서 있습니다.

강 아닌 들판은 검은 달빛이 덮고
가끔씩 강물 소리가 구불구불 샛길들을 만들며

들판으로 마을로 가 닿는데

사내가 듣는 것 사내가 보는 것은 강이 아니라
그 강의 들판 그 강의 마을이니
江의 황금빛 달빛도 저 달의 달이 아닐런지요.

정말입니다,
江 위로 한 사내 跏趺坐로 떠 있습니다.
表象도 살이 에이고, 이만큼이라도 좋겠습니다.

# 흰 나비 도로를 가로지르고

지하 주차장에 가득 찬
비발디의 〈세상에 참 평화 없어라〉에
차 문을 열다 잠시 감전된 듯 멈추다.

성서 공단을 지나고 하수처리장 돌아,
작은 메타세쿼이아 숲가에 차를 세우고
부정맥으로 일렁거리는 내 안의 강물들을 진정시켜
보다.

꽃 핀 자귀나무 위 공기들이
붉은 부채꼴 모양으로 둥글게 말렸다 닫히고
새떼들의 울음을 덮는 환한 나무그늘.

혹은 천천히 도로를 가로지르는 흰 나비 한 마리…

하지만 우리 생은 이런 아름다운 내러티브가 아니지.
지나온 속도보다 더 빠른 속도로

붉은 구름들이 도로를 따라 가고

이 길 위에서의 내 전망이란
길바닥 붉은 살덩이가 눌러붙어 있는 계급론
나비 한 마리를 휙 허공으로 날려버리는 공황론 같은 것.

술이 다 깰 때까지 참 평화는 오지 않을 것이고
그럼에도 생이란 내 차가 지나간 그 길 위
다시 천,천,히, 도로를 가로지르는
한 마리 흰 나비 같은 것일 것인가, 어쩔 것인가.

# 오히려 인식하라 sed intelligere

흰 뱀들이 뒤덮은 길 위를 뛰어다니다 잠에서 깨다. 밤의 창 위로 달빛이, 흔들리며 버둥거리는 나무 그림자를 완강히 밀쳐내고 있다. 아직 스스로의 빛이 나타나기에는 이른 시각. 냉장고에서 물을 한 잔 마시고 스피노자를 읽다. 〈신민이 복종하는 이유가 아니라 복종 자체가 신민을 만든다. 복종은 외적 행위라기보다 정신의 내적 행위와 관련된다.〉 오른쪽 귀에서 작은 뱀 한 마리가 기어 나온다. 더 이상 혁명을 꿈꿀 수 없었을 때부터, 혁명은 환각이다. 30년 동안 밤마다 거리에 서 있었다. 서서 무엇을 보았던가. 분무기로 풍란에 물을 주고 베란다에 쪼그려 앉아 담배를 피우다. 잰 체하는 것이 아니라 나는 지금 불안에 떨고 있는 거다. 〈국가의 안전이 외부의 적들 보다 시민들에 의해 덜 위협받은 적은 없었으며, 권력을 행사하는 자들이 후자를 전자보다 덜 무서워한 적은 없다.〉 칼에 목이 달아나는 상상이 제일 끔찍하다. 그게 온다. 목 없는 몸을 바라보는 아주 짧은 시선. 번개의 두려움. 인터넷 서핑을 하며 이 연예인 저 연예인의 몸에 벌레처럼 붙었다 떨어지다. 떨어지다, 높다란 공장 굴뚝 위 별을 올려다보는 노동자의 몸 위로 들러붙다. 그러나 여기서의 자유는 순전히 우연이다. 〈국가는 최선의 상황을 누릴 것 같다. 즉 대중을 가능한 한 공포에 덜 질리게 만들고, 국가의 헌법에 의해 필수적으로 주어져야 할 자유만을 대중에게 인정해줄 때 말이다. 이를 넘어서는 자유는 대중의 권리라기보다는, 오직 귀족만이 자신의 권리로 요구하고 유지할 수 있는, 전체로서의 국가의 권리이다.〉 시가 남지 않고 시인이 남는다면 나에겐 모욕이다. 시인은 인식하지 않는다. 컴퓨터를 끄고 다시 스피노자를 읽는다. 그렇게, 밤은 밤인 것이다.

# 흑백 사진을 벽에 걸다

한 여자 검은 방에 갇혀 있습니다.

박제된 새들이 사방 벽에 걸린
노려보는 시선 외에는
아무것도 시간 속에서 할 것이 없어
흑백으로만 음영 지워진
텅 빈 내부의 방

외부가 없는, 내부를 뒤집어도
밀가루 반죽처럼 물컹거리며
다시 내부가 쏟아져 나오는,
날아오를 수 없는 시선
그 검은 방 한 남자가 갇혀 있습니다.

박제된 새들의 내부를 채운
톱밥 같은 밤들이 고여 있는 늪.
죽은 자들은 그저 그 삶에서 가라앉아 버리고

가볍고 텅 빈 내부의 방
외부가 없는 죽음

사랑받지 못해 차라리 죽고 싶고 죽이고 싶은
…그러니, 바보 같은 그
검은 늪의 함정.
타인의 얼굴이 찍힌
흑백 사진, 우리들의 빈 방.

# 가을 숲 속에 그가 있다

(가을 메타세쿼이아 숲속이었다. 1944년 미국 뉴햄프셔 주의 브레
튼우즈에 세계 44개국, 패밀리 보스들이 모여 시가를 피우며, 2차
세계대전 후의 세계 화폐금융제도에 관한 협약을 체결한다. 머리
에 더 많은 총알이 필요했고 드디어, 미국 의회의 승인을 받지 못
하던 브레튼우즈 협약은 유럽의 경제 위기가 심화되고 한국전쟁
등 50년대의 냉전이 발명되면서 본격적으로 작동한다. 가을 메타
세쿼이아 숲속을 거닐던 대부의 얼굴이 환하게 밝아졌다. 돈은 자
본이면서 작동하는 허구이다. 그게 인생이다.)

가을 메타세쿼이아 키 큰 숲에서
숨죽이며 나는 보았네.
푸른 잎과 노랗고 붉은 계절의 거래,
희망의 쇳빛 유통을.
삶은 오직 영화처럼 흘러가고,
그 누군가의 고통과 도륙이 재생산되고
눈물조차 잉여의 가치로 순환되는 것임을.
가을 메타세쿼이아 키 큰 숲에서

시간은 둘둘 말린 머리카락처럼 굴러다니고
보이지 않는, 보이지 않는 한기
총구가 흰 달의 정수리를 겨누고 있네.
폭력의 정합, 비극적이고 아름다운,
단단한 역사의 피 튀기는 분쇄.
고개 돌리면 그가 있다.
어두운 가을 메타세쿼이아 숲에 그가 있다.

# 백일홍나무 아래 붉은 강이 흐르다
—굴뚝 위의 노동자 차광호를 위하여


아직 붉다.

백일홍꽃들을 겹겹이 감싼 시간의 손들이
꼼꼼히 붉음을 덜어내고 있는 동안에도

아직 사랑은 붉다.
아직 사랑은 붉다.

푸른 숲이 산꼭대기에 구름을 내려놓고 온 바람들과
저 나부끼는 허공의 깃발을 꿈꾸는 동안에도

사랑은 그림자조차 붉다.
이 굴뚝 위에서조차 붉다.

어리석음은 언제나 나를 감싼 옷과 같지만
어쩌겠는가, 내 이제 이 붉은 꽃의 모든 어리석음과
화해하련다.

사랑이여, 사랑이여 백 일을 붉었다.

그리하여 나 또 천 일을 어리석게 붉을 것이다.

백일홍나무 아래 붉은 강이 흐르고,
우리 사랑은 그렇게 긴 강의 기억과 같으리니

내가 없는 이 자리도
붉다, 아직 어리석게 붉을 것이다.

아, 아직 우리의 사랑은 붉다.
아직 우리의 사랑은 붉다.

# 어느새 꽃들 사라지고

어느새 꽃들이 사라지고 없습니다.

가을나무들에게 빛은 반만 분배되고
이제 나머지 빛은 물결과 갈대의 몫이어서
江가에 서야 조금은 발목이 환해집니다.

해와 뭉클거리는 시간은
감나무 아래 늙은 개처럼 붉게 웅크리고 있고,

사랑이 무엇인지도 모른 채
그 별 옆에서 당신을 떠나보낸 나는
푸른 하늘 아래의 이 눈물이 정녕 더 부끄럽습니다.

나는 은유의 옷을 걸친 채
이제 시간 어디에도 피어있지 않은 꽃들과 같습니다.

노래를 잃어버린 詩

詩를 잃어버린 죽음들.

그러나 나를 호명하는 이 시간처럼 혁명처럼
나는 당신에 대한 사랑만을 노래합니다.
不在하는 당신
부재로서의 별빛 같은 그대.

사랑의 기원보다 오랜
이제는 그 근원조차 알 수 없이 달려온 그 별빛처럼
나 없이도 내 사랑의 노래는 그대에게로 갈 것입니다.

어느새 꽃들은 사라지고 없어도
어느새 새들의 지저귐 나무를 떠나버려도
그대여 나는 오직 죽음보다
화살처럼 그대에게로 가는
이 하나의 단순성만을 허락받고 싶습니다.

# 붉은 꽃을 들다
—이일재 선생을 위하여


붉은 꽃들을 찾아 떠나왔다.

이미 계절의 꽃들은 다 지고
길은 검은 오동나무숲에서 끊겨 있어도
막막한 가을 붉은 서쪽 하늘이
지금처럼, 나의 붉은 꽃이었다.

내 곁의 붉은 꽃들은 두고 왔다.
목이 잘려 산비탈에 버려진 꽃들과
총칼에 찢겨진 거대한 붉은 꽃잎들과,
그리하여 울음처럼
저녁 붉게 물든 계곡물을 흘러왔다.

〈참 자유 평등 그 길로 힘차게 나가자
인터내셔널 깃발 아래 전진 또 전진…〉
두 팔 치켜든 노래는 아니었지만
붉게 불타는 울음처럼 흘러 흘러왔다.

붉은 꽃들을 찾아 떠나왔다.

꽃들은 승리가 아니라 죽음,
빛나는 웃음이 아니라 붉은 공포,
10월의 포도鋪道 위에 흩어진
피비린내 나는 그 노을빛이었으나

나 붉은 꽃들을 찾아 떠나왔다.

그러니 정녕 붉은 꽃 꺾어
떠나간 우리 머리맡에 꽂아두지 마라.
그건 별처럼 빛나는 혁명도, 정치도 아니어서
내 눈물의 힘이
저 죽음의 힘이 빛날 수조차 없을지니

모든 붉은 꽃들 울고

모든 붉은 꽃들 우리 떠나보내도
나 다시 노을의 붉은 꽃을 든다.
승리의 기약조차 없는 붉은 깃발을 든다, 나 그렇게,
붉은 꽃들을 찾아 떠나왔다.

나 붉은 꽃들을 찾아 떠나왔다.

## 사랑 노래를 부르다

아직 어떠한 빛깔도
내 사랑을 밝혀준 적 없습니다.
어떠한 소리도 내 사랑의 옷깃을 잡고
나를 불러세운 적 없습니다.

당신이 벗어놓고 간 옷 속에서
내 그리움은 갓 구운 빵처럼 부풀어 올라
당신을 그리워하는 마음만으로도
나무등걸에 기댄 것처럼 내 허리 위로를 받네요.

당신의 시대를 탓하지 마세요.
모든 꽃밭은 모든 폐허였습니다.
당신의 머리를 총으로 겨누지 마세요.
모든 폐허는 모든 꽃밭의 첫째날입니다.

나는 아직 내 사랑의 볼이
붉은 빛으로 빛나지 않아도 노래할 수 있고

당신의 침묵이 모든 소리의 뿌리여도
나는 당신의 기억을 돌며 춤출 수 있습니다.

내 방은 당신이 내다버린
당신의 초상화와 추억과 번민의 조각들로 가득하고
이미 그것들마저 꽃다발이 되어
당신에게 드릴 내 가슴이 됩니다.

그대여, 이리로 오세요.
당신은 당신의 시대를 내 얼굴에 그려주었고
보세요, 내 얼굴에서 거울처럼
말끔히 닦여진 당신의 얼굴을 들여다보세요.

빛은 태양의 비브라토
소리는 접혀진 바람의 흰 주름,
한낮의 숲처럼 시간에 서늘한 길을 열어주어
우리 짧아진 그림자들의 부끄러움을 이제는 받아주세요.

불타버린 잿더미 위에서 우리 춤춥니다.

죽음이 우리의 마지막 빛깔이어도

사랑했다는 그 말 우리의 마지막 소리이어도

꽃밭인 듯 영원인 듯 우리 춤춥니다, 사랑 그대여.

# 碧巖錄을 읽다

.

1.

"이미지는 단순히 논리적인 대상도 실체적 존재도 아니다. 이미지는 '하나의 생명', 살아 있는 무엇이다. 이는 스스로 인식 가능성을 매개하는 물체의 떨림이며, 인식을 허락하는 진동이다. (…) 이미지는 사물이 아니고 사물의 인식 가능성(사물의 벌거벗음)이다. 따라서 이미지는 사물을 표현하지도 의미하지도 않는다. 그럼에도 불구하고 이것이 사물을 인식하게 해주고, 사물을 덮고 있는 옷을 벗겨버리기 때문에 벌거벗음은 사물과 분리되지 않는다. 즉 그것은 사물 그 자체다." (아감벤, 『벌거벗음』)

1-2.

경전은 우글거리는 이미지의 장소이지 진리의 장소가 아니다. 시는 채색된 이미지의 짜임이지 진리의 짜임이 아니다. 담론이 아니라 이미지가 허락하는 한에서만 시인은 시인으로 남는다.

1-3.

이미지가 우리의 삶과 우리의 당대를 만나는 것은 우발적이다. 발터 벤야민이 말했듯이 "과거의 이미지에 담겨 있는 역사적 지표는 각 역사의 결정적 순간에만 판독 가능"하다. 그러나 그 결정적인 순간은 우발적으로 온다. 필연적 우발성이라 이름 붙일 수 있는.

1-4.

시인은 이미지를 통해 동시대에 참여하는 사람이다. "동시대인은 시대의 빛이 아니라 어둠을 인식하기 위해, 그곳에 시선을 고정시키는 존재"이고 "동시대인은 그의 시대가 발하는 이 어둠의 빛에 눈 먼 사람"이며 "동시대인이 된다는 것은 우리가 결코 살아본 적이 없는 현재로 되돌아가는 걸 말한다." (아감벤, 『벌거벗음』)

1-4-2.

나는 시라는 어둠 속에 있고 시인이라는 불행한 의식 속에 있다. 그러나 이미지로 정치를 할 수는 없다. 시인들은 혹은 사람들은 자주 착각을 한다. 시인이 시를 벗어나는 순간, 그는 그저 거품처럼 사라지는 존재일 뿐이다.


1-5.

벽암록 연작의 이미지들을 통해 내가 시도하려는 전략은 그 낯선 이미지의 진동들 사이로 사람들이 쭉 미끄러져 나와 주었으면 하는 것이다. 손가락 사이로 빠져나오는 진흙들처럼. 그러나 그것이 어떤 모양을 가지고 있으리라 기대를 해서는 안 된다.


2.

"말라르메가 시란 주체로서의 작가가 부재할 때만 일어난다고 밝힐 때 그들은 시가 진술하는 것이 대상성에도 속하지 않고 주체성에도 속하지 않는 한에서 시의 진리가 도래한다고 이해하는 것이다."(알랭 바디우, 「시인들의 시대」, 『철학을 위한 선언』)

2-2.

내가 부재하는 곳에서 작동하는 이 언어가 이데올로기의 틀에 걸리지 않은 언어 그 자체, 작동하는 그 자체의 순수성이라는 것을 어떻게 확증할 수 있는가? 불안한 기획—알튀세르와 바디우를 대강 섞은, 희한한 칵테일 같은.


2-2-2.

추리닝 바람으로 쪼그려 앉아서 제비꽃을 내려다본다. 지금은, 혹은 지금도, 철학이 죽고 시가 살아남은 시대인가? 쪼그려 앉아 담배를 피우는 이것도 시적일 수 있을까? 한심하다.


2-2-3.

마르크스주의자이면서 플라톤주의에 손을 벌리는 것, 이건 무슨 시추에이션인가? 궁극적으로는 플라톤주의자이면서 마르크스주의자인 것처럼 행세하는 것, 이건 또 무슨 시추에이션이던가? 그러나 그럼에도 계급적 관점이 선차적이라고 확신하는 한에서 나는 정치적(!)으로 마르크스주의자다.


2-3-3.

예전에는 시를 쓰지 않는 순간에도 시인이었지만 이젠 시를 쓰는 순간에도 나는 시인이 아닌 것 같다. 그럼에도 가끔씩 시를 쓰는 것은, 허영이 아닐까? 적어도 나에게는. 그래도, 그럼에도 가끔씩 시를 쓰는 것은, 이것이 나의 보속補贖이라고 믿기 때문이다.


3.

"무엇이 부처입니까?" "부처지." "무엇이 道입니까?" "도라네." "무엇이 禪입니까?" "선이지." "달이 둥글기 전에는 어떠합니까?" "세 개 네 개 삼켜버렸다." "온전히 둥근 뒤에는 어떠합니까?" "일곱 개 여덟 개를 토하였다." (『벽암록』)


3-1-1.

영감, 참 잘한다!

3-2.

차를 타고 오가며 포레와 모짜르트의 〈레퀴엠〉만 번갈아가며 듣는다. 가로수로 심어진 이팝나무꽃들이 봄을 제대로 호명하고 있다. 시간이 아니라 사물들이 나를 호명함으로써 나는 시인이, 아니 인간이 된다.


3-2-2.

편의점 앞 간이의자에 앉아 한 남자가 술에 취해 졸고 있다. 부드러운 아침 햇살이 탁자 위 소주 세 병과 과자 부스러기들을 반짝이게 하고 있다. 내게 온 4월 어느 날의 시.


3-4.

부처는 부처이고 도는 도이지만 그것은 차이의 부처와 도의 차이로 (어지럽지?) 한 바퀴 돈 다음에야 자기동일성으로 회귀한다. 그런데 번쩍이며 찾아오는, 차이를 차이로 벌려놓는 그 힘은 어디에서 오는 것일까? 관념론적 시인들은 그것을 자기 내부에서 찾는다. 그러나 그것은 나무(의 이미지)에서 오고 꽃(의 이미지)에서 오고 타인에게서

온다. 그런 외로운 시인의 길을 나는 과연 얼마나 삼키고 토하며 왔는가?


4.


"직선으로부터의 편위는 자유의지이고, 특정한 실체이며, 원자의 진정한 질이다. (⋯) 이러한 편위, 이러한 클리나멘은 어떤 규정된 장소나 시간을 갖지 않는다. 그것은 감각적 질이 아니라 원자들의 영혼이다."(마르크스, 「에피쿠로스 철학 노트」)


4-1.


사선斜線. 미끄러짐. 빗나가는 빗줄기로서의 클리나멘(편위). 이를테면 시는 직선인 우리의 삶에서 튀어나오는 클리나멘이다. 불확실한 열림, 우발적인 만남 같은. 그러나 그 클리나멘은 우리 삶으로 뛰어드는 것이 아니다. 시는 스스로의 원자적 운동을 가지고 있다. 불확실함 혹은 애매함이란 비결정된 것을 의미하는 것이 아니라 다만 지정할 수 없음을 의미한다.(들뢰즈) 그러므로 시의 클리나멘은 우연이거나 천재이거나 혹은 그 어떤 비결정도 아니다. 시의 우발성은 시 스스로가 품고 있는 그의 질質, 이미지의 질에서 나온다.


4-2.


그러므로 시는 철학의 장소도 아니지만 진리의 장소도 아니다. 이미지에서 미끄러지면서 올려다보는 우발적인 시선. 내 시가 무엇을 말하는지 묻지 말 것.


4-2-2.


학습하듯이 상징과 은유와 환유를 익히는 것은 시인이 할 짓이 아니다. 부끄럽다고 해야 할까? 나는 지금 내가 무슨 말을 하고 있는지 모르는 게 아닐까?


4-3-3.


곧 숨이 끊어질 듯한 사람을 바라다보는 것은 낯설다. 이제 흙이나 불과 함께 사물로 돌아갈 사람. 그래서 내가 나를 미래의 사물로 받아들이는 것은 더 힘들다. 그러나 나도 언젠가, 곧 사물이 될 것이다. 시, 그 우발적 흔적. 시는 나의 감각의 질이 아니라 나에게 뛰어드는 사물들의 영혼 혹은 그것들의 불규칙적 운동이다.

4-4.

존재 혹은 우발성으로서의 시.

4-4-1.

비에 젖은 벽암록을 찢다. 강이 부풀어 오르고, 푸른 바위가 갈라졌다. 그러나, 모든 것이 이렇게 쉽게 이해되는 바의 것은 아니다. 벽암록을 불태우다. 그러나 모든 것이 이렇게 쉽게 불타버리지는 않는다.

4-4-2.

이제는 찢어지고 불타버린 벽암록을 다시 읽을 차례다.

5.

"설법하는 자는 말도 없고 보여줌도 없으며, 법을 듣는

자는 들음도 없고 얻음도 없다. 말함도 없고 들음도 없는 것이다."(벽암록 제73칙)

어떤 말을 한 것도 없이 말하고, 어떤 것을 들은 것도 없이 듣는다는 것이 詩에서는 어떻게 가능할까? 혹은 가능한 기획일까?


5-2.


살구나무 아래. 여름 내내 전동스쿠터를 타고 와서는 말없이 상추, 고추, 들깨, 가지, 옥수수, 호박, 배추 등등을 심고 가던 할머니의 굽은 등을 바라다본다. 세월은 둥글게 굽어 있고 모두, 말없이 왔다가, 말없이 간다. 잘.


5-3.


벽암록 위에 '누구나 이해할 수 있는 양자론'이라는 책을 포개고 읽는다. 우주는 물질이나 빛은 물론이고 공간마저 존재하지 않는 無에서 순간적으로 팽창하며 생겼다 한다. 138억 광년의 거리. 또한 물질은 이해할 수 없는 '없음과 있음 사이'를 깜박거리며 존재하는 힘이라 한다. (…) 상상할 수 없을 때, 아니 너무 많이 상상할 때 어지럼증이 온다.

5-4.

아름다운 가을 오후, 밀양 송전탑 반대 할매들을 보고 왔다. 경찰에 질질 끌려나왔던 할매들이 천막 아래 젖은 짚단처럼 허리를 짚고 누워 있다. 다시 노동자들은 고공 크레인에 오르고 굴뚝 위에 올랐다. 낙엽처럼 사람들이 자꾸 희망에서 떨어져내린다. 너무 많은 이야기들이 있다. 너무 많은 말들이 있다. 너무 많은 귀들이 있다. 물론 우리는 말하고, 우리는 들어야 한다.


5-5.

그러나 쉼 없이 쏟아지는 말들, 그 말들을 우리는 듣지 못하고, 듣지 못하는 입들은 또 다시 알아듣지 못할 말들을 뱉어낸다. 우리는 어떤 세상을 이해했고 그 이해가 올바름을 증명할 수 있고 그것을 정당하게 말하고 전할 수 있는가. 아름다움은 누구의 것이고 내 귀가 들은 저것의 멱살을 나는 어떻게 틀어쥐려는 것일까.

5-6.

'내가 나의 부처일 때가 있다'고 말하는 순간 나는 내 돌부리에 걸려 넘어진 것이다. 시인은 생산자가 아니다. 시는 검은 몽돌 사이에서 주운 우연한 흰돌로서의 사물(의 이미지)이고 시인은 오직 그 사물의 발견자일 뿐이다. 강박증은 시를 시가 되게 하는 것이 아니라 시인으로 만든다. 시가 아니라 시인이 남을 때 우리는 정치가이거나 이미 늙은 것이거나이다.

5-6-2.

시인은 아무것도 말할 수 없다. 정치하는 시인은 이미 시 바깥에 나가 있다. 그걸 탓하는 건 우리의 몫이 아니다.

5-6-3.

그러나 시 바깥이 없는, 바깥을 어깨에 대고 있지 않은 시인은 시를 현실이 아니라 구조로서, 장식으로서, 멋부림으로서 순환시킨다. 물론 그걸 탓하는 것도 우리의 몫이 아니다.

6-2.

침묵은 작동하는 것이다. 가령 바우만이라는 사회학자
가 "고독은 바로 사람들로 하여금 '생각을 집중하게 해서'
신중하게 하고 반성하게 하며 창조할 수 있게 하고 더 나
아가 최종적으로는 인간끼리의 의사소통에 의미와 기반을
마련할 수 있는 숭고한 조건이기도 하다"고 말했을 때처
럼 침묵으로서의 고독은 사람들을 향해 작동하는 것인 것
이다. 이것은 행위를 강조한 철학자 아렌트의 침묵─사유
와 닮은 말이기도 하다.


6-3.

어떤 말을 한 것도 없이 말하고, 어떤 것을 들은 것도 없
이 듣는다는 것이 가능한 것은 침묵의 바탕에 행위라는 작
동이 있었기 때문일 것이다. 말하고, 행위하는 것을 우리
는 스펙 쌓듯이 해왔을 뿐 타인과의 소통으로 진정으로 여
기지 않았다. 내 스스로에 대한 비판이기도 하다.

6-3-2.

어떤 말을 한 것도 없이 말하고, 어떤 것을 들은 것도 없이 듣는 침묵의 시는 무의미시가 아니다. 무의미시는 불가능한 기획이고 역설적으로 시를 절대화하고 물신화하려는 비역사적 기획이다.


6-4.

시는 둥글게 입을 다물고, 시인은 그 둥근 원 사이를 빠져나가며 소멸한다. 그게 운명이다. 나는 그걸 원한다.


6-4-3.

그러나 시인은 시인의 운명을 타고 났지만 세상이 살아지는 것은 인간들이 움직이고 작동하기 때문이다. 인간인 한 시인은 그 원을 빠져나와 또 다르게 생성된다. 그게 운명이다.

6-4-4.

너무 많은 말을 하지 말 것. 너무 많은 말을 듣지 말 것. 행위가 행위일 수 있는 것은 침묵이 존재하기 때문이고 침묵이 침묵일 수 있는 것은 행위가 바탕하기 때문이다. 시를 온생애의 몸으로 끌고 나갈 것. ―어려운 약속.

5.

"설법하는 자는 말도 없고 보여줌도 없으며, 법을 듣는 자는 들음도 없고 얻음도 없다. 말함도 없고 들음도 없는 것이다." ―이 말을 삼키다!

7.

석양을 보려 머리를 들다.

7-1.

다시 詩人이다. 지금. 이 글을 쓰기 위해 자리에 앉으면서부터 나는 시인으로 변한다. 시가 나를 呼名한다. 그런 순간을 느끼고 그러할 때에만 나는 시인이다. 그렇지 않을 때 나는 그저 사물들 사이로 흘러가는 시의 타자일 뿐이다.


7-2.

"허공을 두드리니 메아리가 일어나고 木魚를 치니 소리가 없구나." "이 소리를 들었느냐. 조금 전에 들었다면 지금은 듣지 못할 것이며, 지금 듣는다면 조금 전에는 듣지 못했으리니." (『法眼錄』 중) 시가 나를 순간적으로 꿰뚫고 가는 순간!


7-3.

새벽 4시 3분. 며칠째 물에 불은 검은 나무등걸 같던 할머니의 심장이 멈추었다. 사망 선고를 하고 내려온 진료실 뒷방. 유선 텔레비전에선 섹스를 하는 여자의 바쁜 젖가슴. 죽음과 섹스 사이, 둥글게 구부리고 눕다.


7-4.

시가 갈 수 없는 곳이 있다, 고 나는 생각한다. 시가 가

서는 안 되는 곳이 있다, 라고 생각하는 것은 너무 독단일까? 너무 말이 많거나, 행동으로 해야 되는 걸 글로 써놓고 시라고 우기기.


7-4-2.


"비잠재성으로부터의 소외만큼 우리를 빈곤하게 하고 우리의 자유를 박탈하는 것은 없다. 할 수 있는 것으로부터 분리된 사람들은 여전히 저항할 수 있다. 그들은 여전히 하지 않을 수 있기 때문이다. 반면 스스로의 비잠재성으로부터 분리된 사람들은 무엇보다 이 저항능력을 상실한다. 우리가 되지 않을 수 있는 것에 대한 불타오르는 인식만이 우리가 진정으로 누구인지를 보증해준다." ─아감벤의 이 말은 아주 역설적이지만, 시인들이 되씹어볼 만한 구절이다.


8-2.


시의 한계. 모든 것의 힘은 그것이 한계를 가지기 때문이다. 그러므로 시의 힘은 시가 한계를 가지기 때문이다. 그렇다면 시의 바깥은? 정치 혹은 역사라고 해도 좋을까?

그렇기 때문에 역설적으로 시는 정치 혹은 역사의 효과에 의존한다.

8-3-4.

뚱뚱해졌던 강이 다시 홀쭉해졌다. 시의 힘은 그 힘의 우회를 통해 드러난다. 힘 자체를 만들어내는 것이 아니라. 다리를 건널 때마다 아프다.

8-3.

삶이, 우리의 삶이 점점 더 위태로워진다. 신자유주의로 옷을 갈아입은 자본주의가 (자본가들이 생각하는 것보다 더) 위태롭다. 우리의 아이들의 미래가 불안하다. 우리 노동자 대중들의 미래가 불안하다. 여기서 시는 어디에 자리를 잡고 있을 것인가? 무기력한 시, 시인?

8-4.

그러나 되풀이 말하자면, 예술(시)의 힘은 현실의 분절과 분해, 감성과 이성의 분절과 분해에서 온다. 현실의 꽃

과는 달리 예술(시)을 통해 구성된 꽃들은 자신을 이어주고 있는 그 분절의 분할선들을 통해 힘을 발휘한다. 길거리의 싸구려 그림들이 아름답지 않은 이유는 현실을 전체적으로 너무 잘 그렸기 때문이다. 우리는 현실을 낱낱이 보는 것이 아니라 분절적으로 보고 그리하여 어떤 것은 보지 않고 어떤 것은 더 도드라지게 보며 또 어떤 것은 구부려서 본다. 그게 현실이다. 예술(시)의 힘은 그 효과의 극대이다.


8-5.

시적 자아의 보편성 획득. 그 과제는 시의 외부이고 시의 수련이다. 정치적 외부, 정치적 수련. 정치란 부르주아들의 테크닉이 아니라 사람과 사람이 살아가는 관계의 총체이다.


8.

내 시가 허공을 두드리니 메아리가 일어나고 木魚를 치니 소리가 없다. 아직 멀었다. 아직 멀었다. 마른 강물 위로 붉은 낙엽들 쏟아지고, 석양을 보려고 나는 천천히 머리를 든다. 세상은 점점 더 어두워오고 있다.


9.


"음악과 마찬가지로 회화도, 즉 예술에서도 형形을 발명하거나 재생산하는 것이 문제가 아니라 힘을 포착하는 것이 문제이다. 바로 그 때문에 그 어느 예술도 구상적이지 않다. 〈보이는 것을 보여주는 것이 아니라 보이지 않는 것을 보이도록 한다〉는 클레의 유명한 공식이 다른 것을 의미하는 것은 아니다. 회화의 임무는 보이지 않는 힘을 보이도록 하는 시도로 정의될 수 있다. 마찬가지로 음악도 보이지 않는 힘을 들리도록 하기 위해 노력한다. 이것은 명확하다." (들뢰즈, 『감각의 논리』)


9-2.


'그 어느 예술도 구상적이지 않다'는 것은 시에 있어서도 타당한 이야기일까?

9-2-2.

하우저가 『문학과 예술의 사회사』에서 보여주고 있듯이 시는 그 기원에서 "전쟁이나 전투에 부적합한 사람들"이 "신들린 예언자나 사제와 같이" 중얼거리는 혹은 노래하는 것이었다. 동양에서 공자가 시詩를 사무사思無邪라고 생각한다든지 주자가 "좋은 소리와 마디가 있는 말에 의한 성정의 자연스러운 발로"라고 한 것도 예언자나 사제 혹은 견자見者의 역할에서 많이 벗어나 있지 않다. 시는 보이지 않는 것을 보이도록 하는 언어적 양식인 것이다.


9-3.

그러므로 시는 사람과 사람 사이의 소통이 아니라 '나'와 '자연' 사이의 소통이다. 이 말이 앞서 말한 것과 모순되는 것은 아니다. 자연은 외부에만 존재하는 것이 아니라 '내'가 관계하는 그 모든 것이기 때문이다.


9-3-2.

경제학적 비유를 들자면, 시는 생산의 영역이지 유통의

영역이 아니다. 내 시가 잘 소비된다고 해서 내 시의 가치
가 증명되는 것은 아니라는 것이다. 유통과 소비는 이념
이전에 대한 집요함이 있다. 쉬운 시, 이해하기 좋은 시는
어떤 메시지를 누군가에게 건네주려고 한다. 정치적으로
그것은 필요한 일이다. 그러나 그것만이 시라고 주장하는
것은 독단이고 독신瀆神이다.


9-4.

지금, 시는 없고 시인만이 살아남았다. 그러나 시인이라
는 존재는 현실 속에 존재하지 않는다. 시를 쓰는 순간에
만 시인은 잠시 존재한다. 시인은 시가 남기고 간 흔적일
뿐이다. 시인은 그 껍데기를 뒤집어쓰고 있을 뿐, 결코 현
자인 체해서는 안 된다.


9-4-3.

시인이 현자가 될 때는 자신의 시를 모조리 갈아 삼키고
이해했을 때이다. 하지만 이럴 때 낙타가 바늘구멍을 통과
한다는 우스운 비유가 쓰일 수 있겠다. 나는 나의 시를 이
해하지 못한다. 지금 나는 시인이라는 껍데기이다.

9-5.

시는 소통도 아니고, '드러냄'도 아니고, 오직 '드러내어 짐'이다. 그러므로 나는 내 시가 무엇을 이야기하려는지 조금밖에 알지 못한다. 이러저러한 이야기를 하겠다는 나의 의도는 형식적 틀만을 유지할 뿐이다.


9-5-2.

그러니 내 시가 무엇을 의도했는지 묻지 않는 것이 좋겠다. 소통, 그건 내 몫이 아니다.


10-2.

자복資福 스님이 허공에
손가락으로 둥근 원을 그렸다.

산수유 붉은 열매 몇 알이
둥근 원 안으로 빨려들어갔다.

어쩌자는 것인지 모른다,

붉은 눈물이라 하기도 했다. (『벽암록을 읽다』 연작 중 부분)


10-2-2.

불행하게도, 나는 나의 이 시를 설명하지 못한다. "허공에 둥근 원을 그린 자복資福 스님"과 "붉은 산수유"는 아주 우연히 내 속에서 만났다. 산수유는 내가 다른 시로 '기획'하던 것이었고 이것이 왜 여기로 끌려왔는지 나는 알지 못한다. 그저, 어쩌다 보니 잘 맞아떨어졌다.


10-3.

우발적인 것. 시를 심리적 고리의 연쇄로 설명하기에는 너무 복잡하지 않을까? 아니 가능한 기획일까?


10-3-2.

그림 앞에 섰을 때의 막막함 같은 것이겠다. 하긴 나는 그림에 너무 많은 걸 빚졌다. 나의 시는 그림을 꿈꾼다.

10-4.

나(시인)는 둥글고 붉은 눈물을 보았다, 라고 설명하면 소통이 될까? 하지만 이것은 아무것도 설명하지 못한다. 어쩌자는 것인지 모르겠다, 해도 어쩔 수 없다.


10-5.

우리가 무언가를 사랑한다고 할 때
가끔은 그것이 불가능하기 때문에
그것의 불가능을 알기 때문에 사랑하게 되기도 한다.
우리는 그것을 비극적인 사랑이라고 부른다. (『사랑 혹은 상처 나를 꽃 피우다』 부분)


나의 그 책은 아포리즘들로 쓰여 졌다. 그러나 사람들은 그것을 시라고 부르고 그 책을 시집이라고 부른다. 나는 자주 난감해진다. 사람들은 자꾸 적당히 행갈이하고 적당히 가지 친 글을 시라고 부른다. 소통이 잘 되고 이해하기 쉬운, 의미 전달이 명확한 이 글이 시라면 나는 정말 시를 잘못 써왔던 것이 맞다.

10-5-2.

그럼 시와 시 아닌 것의 경계는 무엇일까? —다시 원점으로 돌아온 것인가?

10-6-2.

그러나 앞서 들뢰즈의 말을 빌리자면 "시의 임무는 보이지 않는 힘을 보이도록 하는 시도"에 가깝다고 나는 생각한다. '바람직한 소통'은 가능하지도 않고 이데올로기적으로도 옳지 않다. 보이지 않는 힘을 보이도록 하는 시도는 소통이 아니라 폭력에 가깝다. 존재하지 않던, 보이지 않던 힘들이 독자들에게 폭력을 가한다. 과거의 예언자들이나 사제들처럼 소통이 아니라 불덩어리 하나를 던져준다.

10-6-1.

그렇다. 시는 소통이 아니라 불덩어리다.

10-6-3.

　그러한 시들이 '고통' 때문에 사라질 수 있으리라고 나는
생각한다. 차라리 시가 아름다운 유행가 가사로 음악과 함
께 남을 수 있다면 그것도 좋은 일이라고 나는 생각한다.


10-7.

　다시 말하지만, 내 시가 무엇을 말하려는지 묻지 마라.
내 시는 불덩어리이거나 다 타버린 흰 재다. 소통하기보다
는 사람들이 그저 그 불덩어리나 흰 재를 가슴에 오래 안
고 있어주면 좋겠다. 나는 이미 벽암록을 불태워버렸다.
그리하여,


0-0.

　지금 그대가 그대의 가슴에 안고 있는 이것은 불타고 남
은 둥글고 푸른 허공이다. 어찌할 것인가?